AF369911

VENTE

Des 4 et 5 Novembre 1912

HOTEL DROUOT, SALLE N° 11

A DEUX HEURES

EXPOSITION PUBLIQUE

Le Dimanche 3 Novembre 1912

De 2 heures à 6 heures

OBJETS D'ART

DE LA

CHINE ET DU JAPON

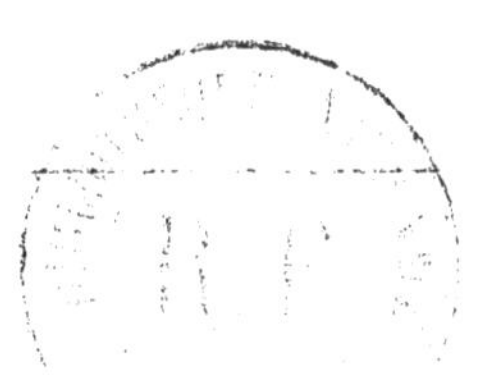

COMMISSAIRE-PRISEUR

M° GEORGES TIXIER

45, rue de la Chaussée-d'Antin

EXPERT

M. ARMAND LOGÉ

39, rue de Constantinople

CATALOGUE

DES

OBJETS D'ART

DE LA CHINE ET DU JAPON

Bronzes, Ivoires, Netzukés, Émaux cloisonnés

LAQUES, ESTAMPES, PEINTURES

PORCELAINES ANCIENNES & MODERNES

TAPIS D'ORIENT

ÉTOFFES — BRODERIES — TENTURES

Dont la Vente aura lieu

HOTEL DROUOT, SALLE N° 11
LES LUNDI 4 ET MARDI 5 NOVEMBRE 1912

A DEUX HEURES

Mᵉ GEORGES TIXIER	**M. ARMAND LOGÉ**
COMMISSAIRE-PRISEUR	EXPERT
45, rue de la Chaussée-d'Antin	39, rue de Constantinople

EXPOSITION PUBLIQUE
Le Dimanche 3 Novembre 1912, de 2 h. à 6 heures

CONDITIONS DE LA VENTE

Elle sera faite au comptant.

Les adjudicataires paieront DIX POUR CENT en sus des enchères.

L'exposition mettant le public à même de se rendre compte de l'état et de la nature des objets, aucune réclamation ne sera admise une fois l'adjudication prononcée.

Paris. — Imp. de l'Art, CH. BERGER, 41, rue de la Victoire.

DÉSIGNATION

1 — Coffret pierres savon.

2 — Pipe à eau en argent.

3 — Série de cachets en pierre.

4 — Brûle-parfum.

5 — Grand brûle-parfum.

6 — Petit brûle-parfum.

7 — Bouddha, bronze.

8 — Deux chandeliers en cuivre.

9 — Deux cavaliers en porcelaine.

10 — Deux mains de bouddha et plateau.

11 — Deux compotiers en porcelaine.

12 — Vase craquelé.

13 — Deux pipes chinoises.

14 — Bouddha debout.

15 — Bouddha avec enfant.

16 — Bouddha assis.

17 — Bouddha assis.

18 — Bouddha assis.

19 — Brûle-parfum en cuivre.

20 — Bouddha debout.

21 — Bouddha assis sur animal.

22 — Bouddha assis sur animal.

23 — Bouddha assis sur animal.

24 — Bouddha assis.

25 — Bouddha assis.

26 — Bouddha assis sur animal.

27 — Bouddha assis sur animal.

28 — Deux chiens de Fô.

29 — Deux bœufs brûle-parfum.

30 — Deux sujets en bois noir.

31 — Bouddha assis.

3,2 — Deux dessus de cheminée, lambrequins
brodés.

33 — Deux tableaux chinois, cadre doré.

34 — Deux tableaux gravure japonaise noire.

35 — Kakémonos.

36 — Kakémonos.

37 — Quatre kakémonos peints sur soie.

38 — Cinq kakémonos chinois peints sur papier.

39 — Paire de vases cloisonnés.

40 — Potiche bleue ancièn.

41 — Petit brûle-parfum. Satzuma.

42 — Petite paire de vase. Satzuma.

43 — Petit brûle-parfum cloisonné.

44 — Bonbonnière cloisonné.

45 — Petite coupe. Satzuma.

46 — Déesse Koutani.

47 — Bourdaloue, Chine ancien.

48 — Bouddha en bronze doré. Chinois.

49 — Coupe.

50 — Coupe Chine cassée, personnages.

51 — Bouddha en porcelaine blanche. Hosteï.

52 — Socle inscrusté. Tonkin.

53 — Encrier en jade, avec socle.

54 — Groupe : singes, en grès ancien.

55 — Paire de petites potiches.

56 — Personnage en bois sculpté.

57 — Paire de petits vases.

58 — Paire de petits vases.

59 — **Potiche-rouleau en bleu et blanc.**

60 — **Potiche-rouleau en bleu et blanc.**

61 — Vase craquelé.

62 — Vase craquelé.

63 — Petit brûle-parfum. **Satzuma.**

64 — Petit brûle-parfum. **Satzuma.**

65 — Bouddha en **bleu, cassé.**

65 — Série de trois **tabatières anciennes.**

67 — Tabatière en verre peint.

68 — Tabatière en verre peint.

69 — Tabatière en verre peint.

70 — Tabatière en pâte de verre.

71 — Tasse et coupe en cloisonné.

72 — Grosse potiche en imari ancien.

73 — Deux grands vases en imitation Sèvres.

74 — Lambrequin rose. Chinois.

75 — Lot d'estampes. (Sera divisé.)

76 — Lot d'assiettes. (Sera divisé.)

77 — Paire de vases-rouleaux.

78 — Lot de kakémonos chinois anciens. (Sera divisé.)

79 — Grand vase-rouleau.

80 — Lot de garde-sabres en fer. (Sera divisé.)

81 — Brûle-parfum en bronze.

82 — Grand vase en bronze cloisonné de Corée.

83 — Paire de grands vases cloisonnés en bronze.

84 — Grand personnage chinois avec barbe. Tao-Kouen.

85 — Danseuse japonaise. Koutani.

86 — Bateau en bois et ivoire : Petit personnage yébis, dieu de la pêche.

87 — Deux manteaux de mandarins tisssés.

88 — Socle en bois de fer chinois.

89 — Socle en bois de fer chinois.

90 — Paire de grands vases. Mangazaki.

91 — Divinité. Ancien Satzuma.

92 — Divinité en biscuit émaillé, Satzuma.

93 — Divinité ancienne avec auréole en bois sculpté, xviie siècle.

94 — Très beau plat en cloisonné de Chine, décoré de Mélambo.

95 — Très belle peinture ancienne, représentant le dieu de la guerre au Japon.

96 — Paire de perruches en turquoise de Chine.

97 — Brûle-parfum en émail champlevé.

98 — Lot d'albums anciens du Japon. (Sera divisé.)

99 — Très belle boîte en laque de Pékin ancienne.

100 — Gargoulette en porcelaine de Khanghi ancienne.

101 — Vasque blanche, décor bleu.

102 — Bidet blanc, décor bleu.

103 — Plat en émail : papillon. Kanagawa.

104 — Plat en émail : papillon. Kanagawa.

105 — Plat. Japon polychrome.

106 — Plat. Japon polychrome.

107 — Plat. Chine blanc et bieu.

108 — Cachepot. Chine blanc et bleu.

109 — Cachepot. Chine blanc et bleu.

110 — Potiche grès.

111 — Potiche grès.

112 — Vase en céladon : enfants et paysage.

113 — Vase en céladon : enfants et paysage.

114 — Flammé bleu.

115 — Vase polychrome.

116 — Flammé. Haru-Ko.

117 — Flammé. Haru-Ko.

118 — Vase blanc et bleu, pans coupés.

119 — Jarre blanche et bleue.

120 — Cache-pot flammé bleu.

121 — Brûle-parfum.

122 — Vase flammé.

123 — Bol flammé.

124 — Bol flammé, intérieur blanc et bleu.

125 — Bol blanc et bleu, intérieur Fuziyama.

126 — Plat carré polychrome.

127 — Plat. Satzuma.

128 — Plat blanc et bleu.

129 — Plat blanc et bleu.

130 — Cache-pot blanc et bleu.

131 — Cache-pot blanc et bleu.

132 — Plat céladon, décor bleu.

133 — Plat.

134 — Plat.

135 — Plat blanc et bleu.

136 — Plat blanc et bleu.

137 — Plat blanc et bleu

138 — Plat craquelé.

139 — Plat craquelé.

140 — Plat japonais. Koutani.

141 — Plat japonais. Koutani.

142 — Plat polychrome. Koutani.

143 — Plat polychrôme. Koutani.

144 — Potiche craquelée. Nankin.

145 — Bouteille. Karu-ko.

146 — Théière.

147 — Plat avec oiseaux cloisonné.

148 — Plat blanc et bleu.

149 — Plat blanc et bleu.

150 — Chien de Fô.

151 — Jardinière bleue et blanc.

152 — Vase blanc et bleu.

153 — Ecran en soie rouge, brodé.

154 — Plaque bleue, avec poissons.

155 — Plaque bleue, avec poissons.

156 — Éléphant.

157 — Éléphant.

158 — Verseuse. Kisto-Koutani.

159 — Vase craquelé. Turquoise.

160 à 241 — Lot de **très** beaux netzckés. (Sera
divisé.)

242 — Divinité dans les airs.

243 — Inro en ivoire sculpté.

244 — Inro en ivoire sculpté.

245 — Inro en ivoire sculpté.

246 — Bonze en bois et ivoire : grand digni-
taire bouddhiste.

247 — Montreur de singes en bois et ivoire.

248 — Joueur de chamisen.

249 — Bûcheron assis sur son fagot. (*Pièce remarquable.*)

250 — Petite femme japonaise et enfant.

251 — Petite Japonaise en promenade.

252 — Petite Japonaise : marchande de fruits.

253 — Petite Mousmé.

254 — Petite Mousmé à l'éventail.

255 — Personnage : homme aux grands bras et aux grandes jambes.

256 — Réunion de prêtres bouddhistes sur un rocher.

257 à 262 — Lot d'artisans japonais. (Sera divisé.)

263 — Brûle-parfum cloisonné.

264 à 266 — Trois velours épinglés mythologiques.

267 — Velours épinglé : paysage.

253 — Lot de porcelaines.

269 — Lot d'étoffes.

270 — Vitrine en bois de Schakoura du Japon.

271 — Objets omis.

RED. :

16

379.89.70
graphicom